Colección

libros para soñar

Para Natalia

©de esta edición: Kalandraka Ediciones Andalucía, 2006
Avión Cuatro Vientos, 7 - 41013 Sevilla
Telefax: 954 095 558
andalucia@kalandraka.com
www.kalandraka.com

Impreso en C/A Gráfica

Primera edición: febrero, 2006
ISBN: 84-96388-36-0
D.L.: SE-759-06

EL ZOO DE JOAQUÍN

PABLO BERNASCONI

k a l a n d r a k a

Joaquín, un niño travieso,

un día se despertó

con una idea genial:

"Hoy voy a ser inventor".

"Con algunos cachivaches

y regalos de mi tía

armaré diez animales

que me hagan compañía".

Trabajando en su taller

pasó noche y día enteros.

Y al final de tanto esfuerzo

pudimos ver los primeros:

Un hipopótamo armó

con un rallador de queso

y aunque come todo el día

jamás aumenta de peso.

Un plumero y dos ramitas

forman este bicho feo.

Y no es que esté despeinado,

es que tiene poco aseo.

El Ratón Enrique llama

   desde un teléfono viejo.

Hace riiing cuando se ríe

   y se oye desde lejos.

Muy manso es este león

que se llama Teodoro.

En esta selva es el rey

con su melena de oro.

De verduras está hecho,

y nadie sabe quién es.

Don Aguacate le llaman

y son frágiles sus pies.

Con reloj y una bocina

se montó un despertador

que canta por la mañana

cual gallo madrugador.

De una lámpara y dos ruedas

nació el conejo Bartolo.

Suele tener malhumor,

por eso está siempre solo.

El pájaro Virulana

es redondo y livianito,

y cuando vuela de noche

no se ve porque es negrito.

De elefante tiene mucho,

con su corneta por trompa.

Suena fuerte cuando canta,

¡ni te digo cuando ronca!

Para armar esta jirafa

trabajó, y ¡de qué manera!

Para acabarla usó grúa,

para peinarla, escalera.

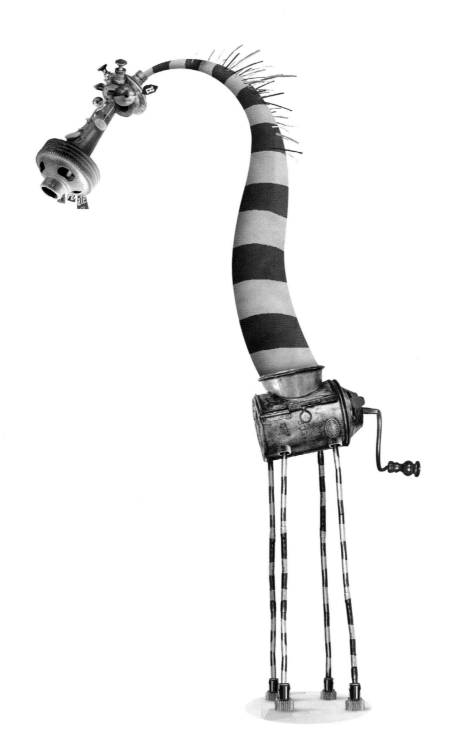

Al terminar su trabajo

quedó contento Joaquín,

Diez amigos nuevos tiene

habitando en su jardín.

Y su sueño de inventar

así quedó satisfecho.

Ahora viven todos juntos.

¡Todos bajo el mismo techo!